ZAG HEROEZ

Miraculous™

Grand-père d'enfer

Une série réalisée par Thomas Astruc
Bible littéraire : Thomas Astruc
Bible graphique : Thomas Astruc et Nathanaël Bronn
D'après l'épisode « Boulangerix »
écrit par Thomas Astruc, Fred Lenoir
et Sébastien Thibaudeau.

Novélisation : Catherine Kalengula
Conception graphique : Carla de Cruylles
Mise en pages : Le chalet graphique

Hachette Livre, 58, rue Jean-Bleuzen, 92178 Vanves Cedex.

ZAG HEROEZ

Miraculous™

Grand-père d'enfer

hachette JEUNESSE

Marinette & Ladybug

Dans la vie,
Marinette a deux passions :
la mode et... Adrien !
Le problème, c'est qu'elle perd
tous ses moyens lorsqu'elle doit
lui parler. Pourtant, Marinette
cache un incroyable secret :
elle est Ladybug,
une super-héroïne, sûre d'elle
et déterminée !

Tikki

C'est le kwami de Marinette. Elle lui permet de se transformer en Ladybug, lorsqu'elle intègre ses boucles d'oreilles magiques, les Miraculous. Calme et rassurante, Tikki est toujours de bon conseil !

Adrien & Chat Noir

Adrien est LE garçon parfait : beau, sympa et populaire ! Comme Marinette, il mène lui aussi une double vie ! Il est Chat Noir, le complice de Ladybug, dont il est amoureux sans connaître sa véritable identité...

Plagg

Paresseux et un peu ronchon, le kwami d'Adrien ne l'aide pas toujours de gaîté de cœur ! Pour permettre à son complice de se transformer, Plagg doit intégrer sa chevalière.

Papillon

Personne ne sait qui il est en réalité ni où il se cache. Il a le pouvoir de repérer les gens en colère et de les transformer à distance en super-vilains grâce à ses akumas. Son but ? Voler à Ladybug et à Chat Noir leurs Miraculous, qui sont les objets magiques les plus puissants au monde.

Les akumas

Ces papillons chargés de magie peuvent intégrer l'objet fétiche d'une personne en colère et ainsi la transformer en super-vilain.

1

Une question sans réponse

J'adore ma famille ! Oui, je sais, ça paraît super banal. Partout, dans le monde, des gens éprouvent la même chose que moi. Ça n'empêche pas de le dire, non ? Et j'affirme aussi haut et fort que mes parents sont les meilleurs du monde ! Gentils, toujours à l'écoute, et compréhensifs. Je vous jure, s'il y avait des Jeux olympiques des parents, les miens remporteraient la médaille d'or ! Je fais tout mon possible pour les rendre fiers, que je sois Marinette ou Ladybug. Bien sûr, ils ignorent mon identité secrète, mais s'ils savaient, ils seraient *encore* plus fiers. J'en suis persuadée...

En tout cas, aujourd'hui n'est pas un jour ordinaire : c'est l'anniversaire de mon père !

Comme tous les ans, je compte lui offrir un joli pull tricoté par mes soins. Et, cette fois, il sera personnalisé avec un motif en forme de croissant – parfait pour un boulanger ! Mais entre les cours au collège, la tonne de devoirs à faire à la maison, et mes missions, j'ai pris beaucoup de retard. Alors ce matin, j'agite mes aiguilles à

tout va, en regardant les informations sur mon ordinateur.

— Vous voulez de l'info, j'ai ce qu'il vous faut ! scande la journaliste Nadja Chamack, à l'écran. Le maire de Paris inaugurera tout à l'heure le Star-Train, ici même, à la gare du Nord. Un train ultra-moderne qui reliera la France à l'Angleterre en un temps record. Ce sera encore plus rapide que l'avion !

À l'image, on voit M. Bourgeois planté sur le quai de la gare et assailli par une foule de photographes.

— Marinette, mais comment le train va faire pour traverser la mer entre la France et l'Angleterre ? s'étonne Tikki.

— Eh bien, un tunnel a été creusé sous la Manche, je lui explique.

— Oh ! s'exclame-t-elle, toute contente. Ce sont des super-héros qui l'ont réalisé ?

Elle me fait rire !

— Hi, hi ! Non, juste des hommes avec des machines, je lui réponds.

— C'est incroyable tout ce que les humains ont inventé depuis la dernière fois où j'ai eu une porteuse, constate-t-elle.

— Eh oui, on n'arrête pas le progrès, Tikki !

Elle vient planer devant moi.

— Toi non plus, on ne t'arrête plus ! plaisante-t-elle, en désignant mon ouvrage. Je suis sûre que ce pull va être magnifique !

— C'est devenu une tradition, je commente. Chaque année, je tricote un pull pour l'anniversaire de papa…

Là, pour ses quarante ans, je voulais lui offrir quelque chose de spécial. Mais je n'ai pas eu d'inspiration.

Quarante ans, ce n'est pas un anniversaire comme les autres. Pourtant moi, qu'est-ce que j'offre à mon père ? Un pull, comme d'habitude ! Je suis certaine que ça lui fera plaisir, mais j'aurais aimé faire plus. Le surprendre. Qu'il soit vraiment heureux.

Ah ! Je sais ! Et si je lui tricotais *deux* pulls ? Non, c'est nul. Oh, là, là, mais qu'est-ce que je vais faire ?

— Je suis persuadée que tu trouveras le cadeau parfait, me rassure Tikki. Comme toujours.

Elle est gentille, mais dans ma tête, c'est la panique !

— J'ai intérêt à trouver rapidement. Son anniversaire, c'est aujourd'hui.

Je crois que j'ai besoin d'une pause, là ! J'abandonne un instant mon tricot, et je descends me chercher une pomme à la cuisine – histoire de recharger mes batteries. Ma mère est au téléphone. Comme elle a le dos tourné, elle ne me voit pas arriver.

— Mais enfin, vous êtes sûr ? demande-t-elle d'un ton suppliant.

Roland, c'est vraiment dommage. Votre fils fête ses quarante ans et il… Tom serait tellement content si vous accep…

Elle regarde son téléphone avec stupeur. Apparemment, son interlocuteur vient de lui raccrocher au nez. « Roland ». Je connais ce prénom…

— C'était mon grand-père ? je demande.

— Oui, répond ma mère, avec un soupir.

— Alors, il ne viendra pas cette année, non plus, j'en déduis.

Je n'ai jamais vu mon papy. Il est fâché avec mon père depuis des années. Ça remonte à bien avant ma naissance…

— J'ai tout essayé, se désole-t-elle. Ça aurait fait si plaisir à ton père.

Il ne parle pas facilcment de ses sentiments, mais je sais qu'il est triste de ne plus avoir de contact avec son père.

— J'aimerais bien le rencontrer, moi aussi, je confie.

— Ça fait vingt ans qu'il ne sort plus de chez lui, me rappelle-t-elle. Qu'il ne voit plus personne.

— Je sais bien. Mais pourquoi ?

Maman a l'air gêné.

— Euh, il est un peu vieux jeu, me répond-elle. On ne peut pas dire que ce soit quelqu'un qui vive avec son temps.

OK. Et ça signifie quoi, au juste ? Qu'il porte des peaux de bête et qu'il mange du mammouth grillé ? Sans doute pas ! Et puis, franchement : même si on n'aime pas trop le progrès, on peut voir sa famille, non ? Je dois absolument tirer cette histoire au clair !

— Oui, mais il s'est passé *quoi*, il y a vingt ans ? j'insiste.

— Euh, eh bien, c'est très compliqué, hésite ma mère. Si tu veux en savoir plus, tu ferais mieux de demander à ton père.

Aussitôt dit, aussitôt fait ! Je file voir papa à la boulangerie.

— *Mes petits pains pétris avec amour,* chantonne-t-il, devant son plan de travail. *Sont bien meilleurs, hum, hum, hum, hum…*

— Dis papa, je l'interromps. Pourquoi grand-père ne sort plus de chez lui depuis vingt ans ?

Il se tourne vers moi, avec une expression gênée.

— Oh ! Eh bien, parce qu'il est attaché à la tradition. Et euh… Si tu veux en savoir plus, tu ferais mieux de demander à ta grand-mère.

Oui, bon, il me semble déjà avoir entendu ça quelque part ! J'espère en tout cas que ma grand-mère Gina pourra me répondre. Elle voyage sans cesse à travers le monde, mais je sais que je peux la contacter en cas de besoin. Elle est toujours là pour moi. Et en ce moment, elle se trouve à Paris. Elle doit nous rejoindre ce soir, afin de célébrer l'anniversaire de papa.

Je l'appelle pour lui poser ma fameuse question. Elle paraît embarrassée.

— *Hum,* il a… toujours vécu dans le passé, réplique-t-elle. Enfin, c'est

compliqué ! Mais si tu veux vraiment en savoir plus, demande à tes parents.

OK, je crois que j'ai compris. Puisque personne ne veut me répondre, je vais me débrouiller toute seule, voilà ! Et je crois savoir comment faire.

Vite, je me précipite vers mon ordinateur. Je tapote sur le clavier, un large sourire aux lèvres. En quelques clics, je trouve ce que je cherche. Vive Internet !

— Je connais cette tête, observe Tikki. Toi, tu as une idée de cadeau d'anniversaire !

— Bien vu, je confirme. Oui, je sais quoi offrir à papa pour ses quarante ans. Je vais réussir l'impossible : le réconcilier avec son père !

Je note soigneusement l'adresse, avant de sortir. Aujourd'hui, je dois remplir une mission un peu spéciale… mais qui ne devrait pas être plus difficile que de combattre un super-vilain.

Si ?

2

Qu'est-ce que c'est ?

La maison de mon grand-père est comment dire… ancienne. Mais charmante aussi, et coincée entre deux immeubles. Ce qui m'intimide le plus, ce sont les volets fermés. Si je ne connaissais pas l'histoire de papy Roland, je pourrais croire que la bâtisse est abandonnée ! Devant, il y a une vieille voiture rouillée. Visiblement, elle n'a pas servi depuis des années. D'ailleurs, à bien y regarder, tout a l'air rouillé chez mon grand-père. Il n'y a qu'à voir la grille ! Plantée devant, j'hésite.

Tikki sort la tête de mon sac.

— Qu'est-ce que tu attends, Marinette ? me demande-t-elle.

— Si je lui annonce tout de suite qui je suis, il va refuser, comme avec maman, je réponds.

J'actionne la clochette accrochée au-dessus de la grille. L'instant d'après, une voix hurle à travers une sorte de tuyau qui ressemble à un périscope.

— Qu'est-ce que c'est ? crie mon grand-père.

Oh, là, là, il ne semble pas beaucoup apprécier les visiteurs !

— Euh… Euh, je suis… une amie, je balbutie.

— Je n'ai pas d'amis !

Paf, le clapet du périscope se referme. Ça doit signifier que la discussion est terminée. Eh bien, c'est mal parti, on dirait… Mais je ne baisserai pas les couettes, foi de

Marinette ! J'ai une mission à accomplir, et grand-père ronchon ou pas, je franchirai cette porte !

J'agite à nouveau la clochette.

— Qu'est-ce que c'est ? s'énerve-t-il.

— Bonjour monsieur, je suis votre factrice, je lance gaiement.

— Faites comme d'habitude, mettez le courrier à la poubelle ! m'ordonne-t-il.

Quoi ? Je jette un coup d'œil à la boîte aux lettres qui déborde d'enveloppes. Alors comme ça, même les courriers n'ont pas le droit d'entrer chez lui ?

Je ne dois pas me laisser abattre – le bonheur de mon père en dépend ! Je vais y arriver. Il faut juste que je trouve une autre idée.

Ça y est !

Nouveau coup de sonnette, et même réponse furibonde de papy Roland.

— Qu'est-ce que c'est ?!

— C'est pour le calendrier des pompiers, j'indique en adoptant une grosse voix (de pompier).

— Ha, jetez-le au feu ! exige-t-il. Je déteste les calendriers !

Paf, le clapet se referme à nouveau. Cette fois, c'est fichu. Je ne pourrai pas offrir le cadeau dont je rêvais à mon père... La mission « réconciliation » a échoué.

— Ça ne sert à rien, je me désole. C'est pire qu'une forteresse.

— Courage, me répond Tikki. Ce n'est pas ton genre d'abandonner aussi facilement.

C'est vrai. Mais là, je ne vois vraiment pas comment forcer le passage... Tandis que je commence à m'éloigner, tête basse, une camionnette se gare devant la maison. Un jeune homme, descend, chargé d'un sac, avant d'aller sonner.

— Qu'est-ce que c'est ? s'écrie papy.

— Livraison de farine, Monsieur Dupain, répond le nouvel arrivant.

Le pauvre, il va sans doute se faire renvoyer aussi sec !

— Oh, c'est toi ! s'exclame mon grand-père. Entre, c'est ouvert !

Ça alors ! Youhou, la chance me sourit enfin ! Je me précipite vers le livreur et je pousse la grille devant lui.

Je me présente :

— Bonjour, je suis Marinette, la petite-fille de M. Dupain. J'étais sur le

point d'entrer. Alors, si vous voulez, vous pouvez me laisser le sac. Je le lui donnerai, ça lui fera une surprise.

— Roland a une petite-fille ? s'étonne-t-il.

— Ben ouais, m'sieur, je confirme avec un clin d'œil.

Il me donne le sac de farine. Hou là, ça pèse drôlement lourd !

— Attends, je vais t'aider, propose le livreur, en me voyant grimacer.

— Non, non, ça va aller, je lui réponds. Je peux vous emprunter votre casquette pour faire une blague à papy ?

Il la pose sur ma tête. Youpi, j'ai mon déguisement !

— Passe le bonjour à Roland, me demande-t-il, en souriant. Je récupérerai ma casquette la prochaine fois.

Et le voilà qui repart. De mon côté, munie de mon lourd chargement, je grimpe tant bien que mal les quelques marches qui mènent à la porte d'entrée.

— Tu crois que c'est une bonne idée de te faire passer pour quelqu'un d'autre ? doute Tikki. Tu n'as jamais vu ton grand-père. Tu ne sais même pas comment il va réagir.

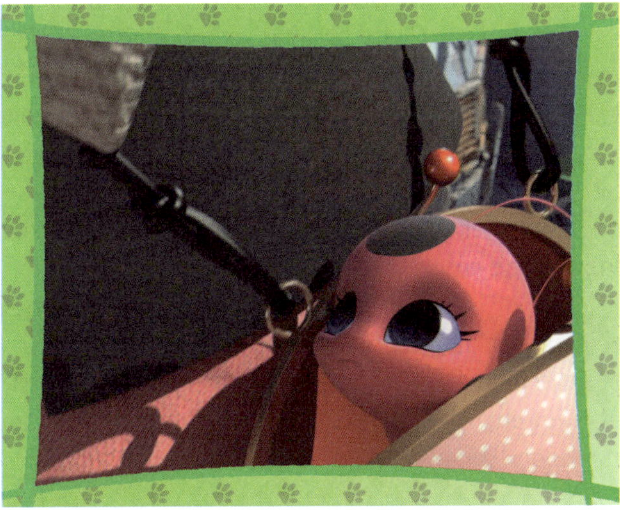

— Bah, ce n'est pas vraiment un mensonge, après tout, je fais observer, manquant de basculer en arrière. Je vais quand même livrer la farine. Et puis, ce qui compte, c'est qu'il vienne à l'anniversaire de papa, et qu'ils se réconcilient.

Ouf, je suis arrivée sur le perron ! Je pousse la porte. Et là, j'en reste sans voix. À l'intérieur, c'est comme si la maison avait été figée dans le passé. Lustres, papiers peints, mobilier, boiseries, tout semble venir d'un autre siècle. C'est d'ailleurs sûrement le cas ! Sur une commode, j'aperçois un drôle d'appareil et un réveil, qu'on dirait tout droit sortis d'un musée. Aucun bruit ne résonne, hormis le tic-tac d'une pendule. Plus j'avance, plus j'ai l'impression de voyager dans le temps.

Et soudain, dans la cuisine, j'aperçois… mon grand-père ! De dos, penché sur son plan de travail, et vêtu d'une chemisette, d'un short et d'espadrilles.

— Pose le sac à l'endroit habituel, Gilbert, m'ordonne-t-il, tandis qu'une souris file entre mes pieds.

— C'est où, l'endroit habituel, monsieur ? je demande.

Il se retourne brusquement.

— Ha, vous n'êtes pas Gilbert ?

— Non, je suis euh… Germaine, sa cousine.

Ça me fait quelque chose de rencontrer mon grand-père pour la première fois. Mais je ne dois surtout pas le montrer – en tout cas, pas pour l'instant. Je ne voudrais pas que papy Roland me renvoie chez moi.

Il m'observe, l'air méfiant.

— Tu n'es pas un petit peu jeune pour livrer de la farine ?

—Je suis euh… la stagiaire, j'affirme, en souriant. Je fais un stage de livraison parce que j'aimerais ouvrir une boutique de farine, plus tard.

Incroyable mais vrai, mon histoire a l'air de le convaincre. Il reprend son pétrissage.

— C'est bien ça, d'avoir de l'ambition, approuve-t-il, de son ton sec habituel. Tu peux poser le sac, et bonne journée.

Il s'adresse ensuite à deux petites souris qui gambadent sur son plan de travail.

— Du sel, leur demande-t-il.

Et les deux « assistantes » poussent un pot vers lui ! Je n'en reviens pas ! Mais je n'oublie pas ma mission pour autant. Maintenant que j'ai réussi à entrer, le plus dur est fait. Enfin, j'espère !

— Alors, comme ça, vous êtes boulanger ? je lance.

— Tu es livreuse de farine ou détective ? s'agace-t-il. Allez, laisse le sac, et au revoir !

S'il pense se débarrasser de moi aussi facilement, il se met de la farine dans l'œil ! Son air revêche ne m'effraie pas. J'en ai vu d'autres ! Et comparé au

Papillon, papy Roland me paraît doux comme un agneau.

J'observe la pièce.

— Ce four que vous avez là, c'est un Lepagnol de 1972, n'est-ce pas ? Un modèle rare à bois, une édition très limitée.

Stupéfait, il fait volte-face.

— Comment tu sais ça, toi ?

— Mon papa… je réponds. Euh, mon prof d'histoire du pain, c'est lui qui nous l'a dit.

— Alors, ça, c'est nouveau ! réplique-t-il, sourcils froncés. Il y a des cours d'histoire du pain pour devenir livreur de farine ?

— Et comment ! je m'exclame. On doit faire dix ans d'études pour devenir livreur, vous savez.

Il retourne aussitôt à sa pâte.

— Bon courage pour tes études, Germaine. Tu peux poser le sac, et bonne journée.

Non, je ne partirai pas ! Je continue mon observation des lieux, un peu à la manière d'une exploratrice. En même temps, j'ai vraiment l'impression d'être arrivée dans un monde inconnu ! Sur un meuble, je distingue un étrange objet. Ça ressemble à une grosse boîte en bois munie d'un écran et de deux boutons.

— Il est super bizarre, votre ordinateur, je commente.

— Un ordinateur ? s'écrie papy, effaré. Dans ma maison ? Et puis quoi encore ? C'est une télé !

— Vraiment ? je m'étonne, en essayant d'appuyer sur les boutons. Et elle marche encore ?

— Non, me répond-il. Un beau jour, *PAF !* Plus d'image.

— C'est sûrement parce qu'elle n'est plus aux normes, je suppose. Tout passe par Internet, de nos jours.

Mon grand-père laisse échapper un soupir affligé.

— *Pff,* Internet, c'est à vous rendre dingue ! Comme les téléphones sans fil. Ce n'est pas comme ça qu'on fait !

Il reprend son pétrissage.

— Sans fil, continue-t-il de marmonner. Du coup, elles passent par où, les images et la voix ?

— C'est simple, je réponds, en sortant mon téléphone. Elles sont envoyées sous forme d'ondes à des antennes-relais connectées à des satellites. C'est extraordinaire, on peut parler et voir n'importe qui, partout sur la planète !

J'espère que mon petit discours l'a convaincu. Le progrès, ça peut être chouette !

— Moi, je n'ai besoin de parler à personne ! clame-t-il. Et puis, ce n'est pas comme ça qu'on fait pour se parler, d'abord. Pose le sac, et laisse-moi, maintenant. J'ai du travail.

Décidément, papy Roland n'a pas un caractère facile. Mais moi aussi, je peux être têtue quand je veux !

3

Le concours

Je m'approche des photos en noir et blanc exposées sur une commode. On y voit mon papy (un peu plus jeune), sa voiture (lorsqu'elle était encore en état de marche), ou encore sa maison. L'un des cadres est retourné, et je le saisis, intriguée. Ça alors, une photo de mariage de mes

parents ! Si mon grand-père l'a gardée, ça doit bien signifier quelque chose, non ?

— Vous vivez seul ? j'interroge. Vous avez de la famille ?

Il m'arrache la photo des mains.

— Ça suffit ! gronde-t-il. Tu as fini de te prendre pour une détective ? Tu ne touches à rien ! Tu laisses le sac et tu sors.

Pour une fois, j'obéis. Je dépose le sac… entre ses bras, histoire de l'occuper ! Quant à sortir, ce ne sera pas pour tout de suite ! Je me précipite vers le plan de travail.

— Oh, elle est belle, votre pâte ! je m'exclame, en commençant à la pétrir.

— Non, pas touche ! proteste-t-il. Ce n'est pas comme ça…

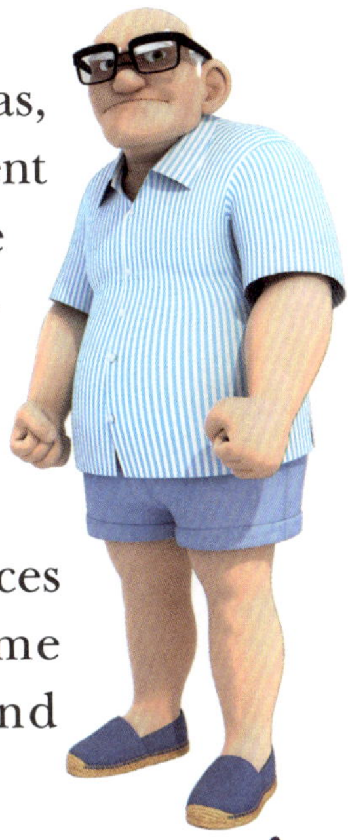

— Ne vous inquiétez pas, je le rassure. Je sais comment on fait. On prend la pâte et on la rabat sur elle-même. Régulièrement, en la ramenant dessus et en la pinçant légèrement.

Nous avons prononcé ces derniers mots en même temps. Et papy Roland semble stupéfait.

— C'est ce qui développe l'élasticité et lui donne le gluten, je poursuis, ravie. Ça lui assure une bonne tenue après la cuisson.

— Hum, tu n'es qu'une écolière qui récite sa leçon, bougonne-t-il. Tu ne sais pas ce que tu fais !

— Ah, si, je sais ce que je fais ! je me défends. Peut-être même mieux que vous, si ça se trouve.

Ahuri, il se tourne vers ses trois souris.

— Hein ? Mieux que moi ? Charlotte, Marguerite, Marie-Louise... vous entendez ? Ah, ah, ah ! Eh bien, tu l'auras voulu ! Allez hop, en place, Germaine ! On va faire du pain, tous les deux. Et on va voir qui est le boulanger et qui n'est bonne qu'à lui livrer de la farine.

Ses assistantes font glisser tous les ingrédients nécessaires sur le plan de travail. Dans ma tête, je crie « Gagné ! ». Grâce à ce petit concours, je vais pouvoir passer plus de temps avec mon papy. Et essayer de l'amadouer… Il a peut-être l'air ronchon. Mais moi, je le vois surtout comme un vieux monsieur solitaire, qui a des souris pour seule compagnie.

Maintenant, au boulot ! Je mélange la farine, l'eau, le sel, tandis que près de moi, mon grand-père pétrit sa propre pâte à pain. Entre deux gestes, il me montre une espèce de petite gourde.

— Tu vois ce levain ? me demande-t-il. On se le transmet de génération en génération dans ma famille, depuis mon irréductible ancêtre, le Gaulois

Paindemix qui était boulanger dans un village en Armorique. Il s'est battu aux côtés de Vercingétorix. Mais les Romains ont gagné, *paf !* Et ils ont commencé à mettre des tomates et du fromage sur le pain. Maudites pizzas !

— J'aime bien la pizza, je confie.

Il paraît effaré.

— Toi, Germaine, tu aimes ça ? Aaah, mais ce n'est pas comme ça qu'on fait ! On ne met pas de sauce tomate sur le pain. C'est exactement comme mon fils et sa femme qui ont eu l'idée de mettre de la farine de riz dans la pâte pour améliorer la légèreté de la mie. Ce n'est pas comme ça qu'on fait !

— Peut-être que c'est très bon ? je réplique. Vous avez goûté le pain de votre fils ?

— Ta ta ta, pas la peine, je sais déjà que ce sera mauvais.

Alors que nous reprenons notre pétrissage, je réfléchis. Cette histoire de farine aurait-elle un rapport avec la dispute entre mon père et papy Roland ? Je dois en savoir plus…

— Votre fils est boulanger lui aussi ? je demande d'un ton innocent.

— C'est fini, je n'ai plus de fils, déclare-t-il. Plus depuis qu'il a décidé de me trahir.

J'avais raison ! Mais ça me semble quand même incroyable ! Comment peut-on se fâcher pour si peu ? Pendant vingt ans ?

— Tout ça, pour de la farine de riz dans la pâte à pain ? je m'étonne.

— Ce. N'est. Pas. Comme ça. Qu'on faaait !

Une idée me traverse subitement l'esprit. Je regarde mon papy.

— Si mon pain est aussi bon que le vôtre, est-ce que vous accepteriez de faire quelque chose pour moi ? je demande.

— Quoi ? grommelle-t-il. Qu'est-ce que tu veux que je fasse ?

— Attendez, vous êtes boulanger ou vous êtes détective ? je le taquine.

Il ébauche un sourire.

— Ton pain ne sera jamais aussi bon que le mien.

Nous scellons notre pacte en nous serrant la main. Puis, je me remets au travail. Je compte bien gagner ce concours, eh oui ! En plus, j'adore pétrir la pâte. Je le fais souvent avec mon père, et nous chantons ensemble sa petite chanson.

— *Les petits pains pétris avec amour sont bien meilleurs,* je fredonne.

— Impossible que tu connaisses les paroles de cette chanson familiale, m'interrompt brusquement papy. Sauf si tu es… Non, c'est pas vrai !

Oups. Je crois que je suis démasquée ! J'enlève mon déguisement – autrement dit ma casquette.

— Si. Je suis bien votre petite-fille, Marinette.

— Tu es… Tu es ma petite-fille ? demande-t-il doucement, avant de s'emporter. Menteuse ! Je n'ai pas de petite-fille ! Encore une trahison !

Furieux, il me pousse vers la sortie. Je résiste.

— Je ne partirai pas d'ici sans que vous ayez goûté mon pain ! j'insiste. Vous m'avez promis !

— Tu refuses de t'en aller ? rugit-il. Alors, reste là !

Sur ces paroles, il s'enferme dans la cuisine. C'est vrai, je n'aurais pas dû lui cacher ma véritable identité. Mais si je lui avais dit que j'étais sa petite-fille, il ne m'aurait jamais laissée entrer ! J'espère juste qu'il va finir par se calmer, et que nous pourrons enfin discuter…

Roland est hors de lui. Comment Marinette-Germaine a-t-elle pu lui mentir ? Il enfourne les deux boules de pâte en fulminant.

— Son pain, je parie qu'il est aussi mauvais que celui de son père !

Une telle rage, voilà de quoi ravir le Papillon ! De son antre, il se réjouit d'avoir trouvé sa prochaine proie. Une proie pétrie à souhait !

—Je sens l'odeur d'un pain cuit dans les flammes de la colère, commente-t-il. Une fournée idéale pour mon akuma.

Quelques battements d'ailes plus tard, l'insecte maléfique va se fondre dans la petite gourde du boulanger. Le Papillon peut alors communiquer avec lui par télépathie.

— Boulangerix, tu es assoiffé de pouvoir, et je te donne la chance de punir tous ceux qui ne font pas les choses comme on doit les faire. Veux-tu goûter à ma recette ?

— Avec plaisir ! accepte Roland, en souriant. Vous voulez un croissant au beurre en échange ?

Le Papillon paraît interloqué.

— Non, en échange, je voudrais plutôt les Miraculous de Ladybug et de Chat Noir, indique-t-il. Ces deux-là ne respectent pas les traditions. Donne-leur une leçon.

Pour Roland, ce sera avec grand plaisir ! Bye bye, le vieux boulanger acariâtre. Vive Boulangerix ! Une montagne ambulante de pain et de viennoiseries. Ne vous fiez pas à son allure gourmande !

Ce super-vilain est peut-être croquant, fondant, croustillant. Mais il est surtout… surpuissant !

4
Monsieur Gonflette

Tandis que j'appelle mon grand-père, cloîtré dans la cuisine, la porte s'ouvre brutalement. Et là, ce n'est plus papy Roland que j'aperçois… Mais un géant fait de chouquettes, de pain et de croissants ! Un super-vilain boulanger… avec un casque de gaulois sur la tête !

— Il n'y a plus de grand-père ! tonne-t-il. Je suis Boulangerix. Ceux qui refusent de faire les choses comme on *doit* les faire vont goûter à mon irréductible colère. Bientôt, Paris sera à nouveau ce qu'elle était avant le monde moderne.

Voilà qu'il attrape la petite gourde accrochée à sa ceinture-pain de mie.

Le levain ! Après en avoir bu une gorgée, le super-vilain devient carrément énorme ! Un peu comme une belle brioche qui gonflerait au four. Mais en beaucoup plus effrayant !

D'un bond, Monsieur Gonflette sort de sa maison, en fracassant un mur. Je n'imagine pas les dégâts qu'il va causer dans la ville ! Vite, j'éteins le four où nos pâtes étaient en train de cuire. Mais, quand tout sera rentré dans l'ordre, je compte bien reprendre le concours !

— Tikki, transforme-moi ! je m'écrie ensuite.

Au détour d'une avenue, je retrouve Boulangerix planté

devant un bus électrique. Il s'adresse au pauvre conducteur terrifié.

— *Ce n'est pas comme ça qu'on fait !* fulmine-t-il. Un bus, ça doit faire du bruit ! Ça marche au pétrole et ça crache de la grosse fumée noire qui sent mauvais !

Il attrape le véhicule rempli de passagers et l'envoie au loin.

— Fini les bus modernes ! clame-t-il.

À moi de jouer ! Je tends le fil de mon yoyo entre des lampadaires, un peu à la manière d'un filet, et celui-ci rattrape le bus sans encombre. Le super-vilain m'aperçoit, perchée sur un toit.

— V'là autre chose ! s'agace-t-il. Il y a une fille coccinelle volante à Paris, maintenant ?

— Eh oui ! je confirme. Place aux super-héros. Il faut vivre avec son temps !

— *Ce n'est pas comme ça qu'on fait !* rétorque-t-il. C'est à la police ou à l'armée de faire régner l'ordre et la loi. Pas à toi !

Furieux, le géant se jette sur moi. Au secours ! Je réussis à l'esquiver et à sauter dans la rue… où il utilise des voitures comme projectiles ! Là encore, je parviens à les éviter.

— Je vais débarrasser Paris de toute cette modernité inutile ! promet-il. À commencer par toi !

Je bondis devant lui. Place à l'affrontement ! Ce n'est quand même pas une montagne de pain qui va me faire peur !

— Techniquement, je ne suis pas si moderne que ça, je l'informe. Mon Miraculous est très ancien.

— Il n’y avait pas de super-héros à l’époque de ma jeunesse, rappelle-t-il. Et il n’y aura pas de super-héros dans mon Paris.

Hop, j’enroule mon yoyo autour de son gros bras en pain noir. Et hop, Boulangerix me fait tournoyer au bout du fil. Oups ! Ça, ce n’était pas prévu du tout.

Après un petit vol plané, j’atterris en haut d’un arbre. Un bâton apparaît sous mon nez.

— Je suis là, ma Lady, me dit Chat Noir d’en bas. Ne t’en fais pas.

— Merci, je lui réponds, en le rejoignant. Mais les filles peuvent aussi s’en sortir sans l’aide des garçons, tu sais.

Même si je ne le lui avoue pas, je suis bien contente qu'il soit là !

Notre adversaire n'a rien d'un petit pain au lait tout frais. Il n'est pas tendre et moelleux comme une brioche non plus. C'est un vrai dur à cuire !

Et j'en sais quelque chose, puisque c'est mon grand-père.

— Tu trouves que je suis un peu vieux jeu, c'est ça ? me demande Chat Noir, tout sourire.

— Oh, j'ai vu bien pire que toi, je plaisante. Attends de rencontrer Boulangerix !

Mon coéquipier ne va pas être déçu, je pense ! Nous fonçons à la recherche du super-vilain. Il n'est pas loin ! Dans la cour du musée du Louvre, il se trouve face à Alya et à Nino.

— Qu'est-ce que vous faites ? demande-t-il à ma meilleure amie qui (en bonne apprentie journaliste) s'est empressée de dégainer son portable.

— Bah, je vous filme, évidemment, lui répond-elle.

— Un téléphone, ça sert à téléphoner, pas à filmer ! déclare-t-il. *Ce n'est pas comme ça qu'on fait !*

D'un geste, il lui vole son appareil.

— Hé, mais c'est de la censure ! se révolte-t-elle.

— Oui, comme au bon vieux temps ! se vante-t-il.

Juste après, il aperçoit la célèbre pyramide, derrière elle.

— Grrr ! rugit-il. Une pyramide égyptienne dans la cour des rois ? *Ce n'est pas comme ça qu'on fait !*

Quand il se jette sur le monument, Chat Noir l'arrête avec son bâton. Et Brioche d'Enfer va s'étaler comme une crêpe sur la paroi en verre.

— Aaah… L'union de l'ancien et du moderne, commente mon coéquipier. Je l'aime bien, moi, cette pyramide…

— C'est bien la preuve qu'on peut être moderne tout en respectant le passé, j'ajoute.

Bizarre, Boulangerix ne semble pas être d'accord. Il se dresse devant nous. Ça alors, on dirait qu'il a dégonflé ! Mais je me réjouis trop vite, car dès qu'il a bu une gorgée de son

levain magique, le super-vilain grossit à nouveau ! Le terrifiant Monsieur Gonflette est de retour !

— Je crois qu'on a intérêt à lui supprimer sa gourde, fait remarquer Chat Noir.

— Tu as raison, j'approuve. En plus, l'akuma doit être logé dedans.

Encore faut-il pouvoir atteindre la ceinture de Monsieur Pain-Musclé.

L'instant d'après, sous nos yeux effarés, il soulève la pyramide avant… de la lancer sur nous !

5

Tout est bien qui finit... pain !

La pyramide de verre atterrit pile sur nous. Nous sommes prisonniers ! Vif comme l'éclair, Chat Noir lève déjà la main, prêt à utiliser son pouvoir destructeur. Mais je le retiens.

— Non, je lui dis. Garde ton Cataclysme, on risque d'en avoir besoin.

Pourtant, nous devons sortir d'ici, et vite !

Boulangerix a filé on ne sait où, et comme il a horreur de la modernité, je crains le pire. Je regarde autour de nous. Tout ce que je vois, c'est une bouche d'égout. Parfait ! Je fais glisser la grille, puis nous descendons dans les tunnels.

Il faut retrouver le super-vilain !

Super-Pain vient d'arriver devant la gare du Nord. Là, il découvre les grandes banderoles vantant la mise en service du Star-Train. Boulangerix devient alors fou de rage.

— Qu'est-ce que c'est que ce machin ? hurle-t-il. Un train qui va sous la mer ? Mais c'est un train ou un sous-marin ? *Ce n'est pas comme ça qu'on fait !* Si on veut aller en Angleterre, on prend le bateau et on a le mal de mer !

Furieux, il entre dans la gare à sa façon : en pulvérisant un mur. Pourquoi s'embêter à emprunter une porte quand on peut tout casser, hein ?

Croissant-Géant bondit ensuite sur le toit du Star-Train, tandis que le maire de Paris et les journalistes s'enfuient.

— Mesdames et messieurs, mauvaise nouvelle pour vous : ce train est annulé ! déclare-t-il.

Nous voilà entrés dans les égouts. Mais où Boulangerix a-t-il pu aller ? Soudain, je me souviens du reportage que je regardais tout à l'heure en tricotant. Le Star-Train, quel meilleur symbole de la modernité ? Je parie que ce train ultrasophistiqué doit mettre Super-Pain hors de lui ! Chat Noir et moi nous longeons les tunnels jusqu'à nous retrouver près de la gare du Nord.

Maintenant, par où sortir ? Quelques mètres en dessous, une énorme hélice de ventilation projette de l'air vers une grille située à la surface.

Je sais !

Suivie par Chat Noir, je saute, bras et jambes écartés, et le souffle nous soulève. Un vrai vol plané ! Une fois arrivés sous la grille, il nous suffit de

nous y agripper, puis de soulever la petite trappe d'accès.

Gagné !

Nous nous retrouvons devant la gare du Nord. D'après l'état de la façade, j'ai vu juste ! Monsieur Gonflette est bien là. Allons-y !

— On a un train à prendre, je lance.

— En voiture ! approuve Chat Noir.

À l'intérieur, Brioche d'enfer s'apprête à projeter le Star-Train comme un vulgaire jouet ! Je saute sur le toit de l'engin, mon yoyo à la main.

— Soyez raisonnable, monsieur Boulangerix, je plaide. Il y a beaucoup de monde dans ce train.

— Alors, ils feraient mieux de descendre, rétorque-t-il. Car le départ pour la casse approche !

Les passagers se dépêchent de filer, avec l'aide de Chat Noir. Mais voilà que Boulangerix laisse subitement retomber le train. Quand je le regarde, je comprends mieux pourquoi : il a encore dégonflé ! Pas le temps de me réjouir pour autant. Une gorgée de

son levain magique plus tard, il retrouve assez de forces pour jeter la locomotive contre un mur !

De mon côté, je bondis à l'abri, aussitôt rejointe par mon coéquipier. Cette fois, j'en ai assez ! D'accord, papy Roland déteste le progrès, mais à quoi bon tout saccager ? Comme dirait quelqu'un que je connais : *ce n'est pas comme ça qu'on fait !*

Je lance mon yoyo au-dessus de ma tête.

— Lucky Charm ! je m'écrie.

Des coccinelles magiques s'en échappent et se transforment en un objet mystère qui me retombe dans les mains. Aujourd'hui, c'est… un flacon de ketchup !

— Ah, les tomates en bouteille ! commente Chat Noir. Je parie que notre ami ne va pas apprécier du tout.

Mais bien sûr, il a raison ! Je scrute les alentours. Dans l'un des restaurants de la gare, j'aperçois du pain de mie et des sachets de friandises.

De quoi préparer un sandwich... tout sauf traditionnel !

Pendant que Chat Noir distrait le super-vilain, je vais chercher les ingrédients. Puis, je me plante devant notre adversaire.

— *Hmmm,* un bon sandwich avec des bonbons aux colorants artificiels, je le nargue, tout en jetant une poignée de friandises entre deux tranches de pain de mie. Et de délicieux chewing-gums chimiques, le tout dans un pain industriel tout mou.

— Oh, arrête, Ladybug ! s'exclame mon coéquipier, comme s'il trouvait ça super appétissant. Tu nous mets l'eau à la bouche !

Vraiment, quel comédien, celui-là !

— *Grrr !* gronde Boulangerix. Vous ne m'aurez pas avec votre petit piège ridicule !

— Je vois, je réplique, en dégainant mon arme fatale : le ketchup. Alors, dans ce cas, je rajoute de la bonne tomate en bouteille. Miam, ça va lui donner un excellent goût de pizza !

Cette fois, je crois que j'ai touché un point sensible.

— Non, non, non ! s'affole-t-il. Ce n'est pas comme ça qu'on fait un sandwich !

Et il se rue vers moi. Exactement ce que je voulais ! Deuxième partie de mon plan : l'attirer à l'extérieur. Vu sa colère, c'est facile ! Parvenu dans la rue, Chat Noir invoque son Cataclysme, avant de toucher la grille d'aération par laquelle nous sommes sortis un peu plus tôt. Maintenant, il n'y a plus qu'à attendre, juste à côté !

Boulangerix ne se doute de rien. Lorsqu'il bondit sur la grille, celle-ci cède sous ses pieds et il se met à planer, poussé par le courant d'air.

— J'avais raison, je plaisante d'en haut. Mon sandwich donne des ailes !

— *Ce n'est pas comme ça qu'on fait !* braille-t-il.

Il veut boire du levain, mais Chat Noir s'empare de la gourde avec son bâton.

— En tout cas, nous, c'est comme ça qu'on fait ! réplique-t-il.

Je casse la gourde, et l'akuma s'en échappe. Ah, j'adore cette partie de mon travail ! Je fais tournoyer mon yoyo pour capturer le papillon maléfique. Quelques instants plus tard, il redevient l'insecte inoffensif qu'il était. Je n'ai plus qu'à jeter la bouteille de ketchup dans le ciel de Paris.

— Miraculous Ladybug ! je clame.

Une nuée de coccinelles magiques réparent alors tous les dégâts. Et Boulangerix laisse la place à mon grand-père. Tout aussi têtu, mais infiniment plus gentil.

— Oh non, le pain ! panique-t-il. Je l'ai laissé dans le four ! Ma petite-fille est là-bas ! C'est dangereux, ça pourrait prendre feu !

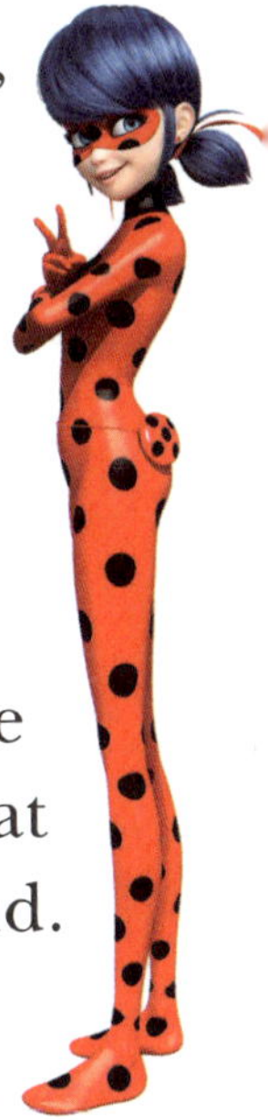

Son inquiétude me touche. Et puis, il m'a appelée : « sa petite-fille »… Je m'empresse de le rassurer.

— Je suis certaine que votre petite-fille a fait le nécessaire, je réponds, en lui rendant sa gourde de levain.

Comme mes boucles d'oreilles se mettent à clignoter, je laisse Chat Noir raccompagner papy Roland. Moi, je file !

En quelques lancers de yoyo, je regagne la maison de mon grand-père, avant de me détransformer. À son arrivée, je fais comme si de rien n'était.

— Marinette ! s'écrie-t-il, en me voyant.

— Grand-père ? Chat Noir ? je fais semblant de m'étonner, devant le four à pain. Est-ce que tout va bien ?

— Oui, répond papy, visiblement soulagé. C'est juste que j'avais peur que le pain soit trop cuit.

Mais bien sûr ! Munie d'une longue pelle de boulanger, je sors les deux boules dorées à souhait. Place au concours ! Comme il nous faut un juré, c'est Chat Noir qui s'y colle. Sauf qu'il est incapable de choisir !

D'après lui, le pain de mon grand-père et le mien sont aussi bons l'un que l'autre. Sur quoi, il s'éclipse.

Papy goûte à son tour une bouchée du pain que j'ai préparé.

— C'est vrai qu'il n'est pas mal du tout, admet-il.

— Je l'ai fait comme mon papa, je lui explique. J'ai ajouté de la farine de riz, pendant votre absence.

Bon, je crois que j'ai gagné le concours, non ? En tout cas, papy Roland aime bien mon pain. Tandis qu'il continue d'en grignoter un morceau, j'en viens au sujet délicat. Je le regarde, avec espoir.

— Ce soir, on fête les quarante ans de mon papa, et je suis sûre qu'il serait content de voir *son* papa.

Il marche jusqu'à la commode et redresse la photo de mariage de mes parents.

— Toi, tu n'es pas une petite-fille ordinaire, Marinette, répond-il, avant de me sourire. Mais tu sais quoi ? Ça me plaît !

Youhou !

Lorsque j'arrive chez moi avec papy Roland, et que mon père l'aperçoit les yeux remplis d'émotion, je comprends que j'ai réussi la plus belle des missions…

Fin

Retrouve très bientôt
Ladybug et Chat Noir
dans une nouvelle
aventure
en Bibliothèque Rose !

As-tu lu les premiers tomes des aventures de Ladybug et de Chat Noir ?

Tous tes héros sont sur :
www.bibliotheque-rose.com

Table

hachette s'engage pour l'environnement en réduisant l'empreinte carbone de ses livres. Celle de cet exemplaire est de :
300 g éq. CO_2
Rendez-vous sur www.hachette-durable.fr

PAPIER À BASE DE FIBRES CERTIFIÉES

Photogravure Nord Compo - Villeneuve-d'Ascq

Imprimé par Rotolito Romania en Roumanie
Dépôt légal : mai 2021
Achevé d'imprimer : avril 2021
30.1986.1/01 – ISBN 978-2-01-714561-5
Loi n° 49956 du 16 juillet 1949
sur les publications destinées à la jeunesse